水《みず》田《た》の空

せきぐちさちえ詩集

コールサック社

詩集

水田の空

目次

一章　水田の空

二章　畳む

三章　尊厳

四章　綿の花

詩集

水田の空

せきぐちさちえ

一章　水田の空

水田《みずた》の空

高いところにあると
見上げてばかりいたが　なんと
満々と水を引いた田の中にあった

四囲を畔で区切られてはいるけれど
澄んだ空の上を
雲がゆっくりおよいでいく
緑濃い山々　高速道路
二両編成のローカル電車
カラフルな家々の屋根

住み慣れた町も
日々の営みも
街中の田に
水彩画で描かれている

初めて見るように新鮮なのは
胸がときめくのは
逆さになっているからだ

さざ波がたって
五月の風が水田を渡っていく

ぽーんとわたしも
でんぐり返ってみようか

水田の空の上に
軽やかに
若々しく
他人のわたしが立っている

雪割灯

富士北麓の厳しい寒さから
線路の凍結を防ぐ
灯油を燃やす鉄箱を
雪割灯という
激しく降る雪の中
切り替えポイントに設置された
ぼんぼりのような灯りが
懸命にゆれている

気配

下りの最終列車が通り
高速の車も途絶えている
静かな夜である
病む耳をそばだてても
音がない

夫は書斎にこもっている
木造家屋の木のきしみ
春近い木の芽の伸びる音

生殖の猫のだみ声もない
ただ気配だけは
満ち満ちて
静けさの中で
わたしは眠る

生

沙羅の枝にこまどりを見つけた
懸命に羽を震わせ　口を大きく開けて
目は一点を見つめている
家の中にいるこの私に何のご用　と返事をして
腰を浮かせて気がついた
沙羅の木と向き合う梅の枝にもう一羽がいる
鳥の声とも思えない嬌声を挙げて呼び合う
勝負が決まる瞬間の緊張があった
と　梅の木の鳥が
沙羅の木の鳥に一瞬体を重ねて
あっと思う間に　飛び立っていった

夫と声をひそめて見守っていた

やがては風渡る木の　緑濃い葉陰に
新しい命が生まれるだろう
餌を与え　雨風を防ぎ　天敵から守り
親から子へと続く
生の営み

命の引き継ぎは
崇高な儀式のようであった
貴い祈りの中にあった

手を重ねて眠るだけになった夫婦の前に
生は
めくるめくように光っている

モズの巣

キーキーと悲鳴のような声に
緊迫感があった
電線に止まり
警戒するように四方を見まわす鳥がいた
交互に餌を運ぶつがいに気付いて
ようやく鳥の巣を見つけた

近所の猫の爪とぎの木であり
子供たちがボール投げをする
道に面している
内緒ごとにしてそっと見守った

やがて
三羽のひながかえり
巣立ちの練習が始まったとき
禁を破って野鳥に詳しい人に話した

人里に巣を造るのは珍しい
モズとのこと
鳥の名も生態も知らなかった我が家を
よい家に巣を造ったと
人は鳥のために喜んでくれた

居間の食卓からその木は見えて
空になった巣は
今もブナの葉の陰に隠れている

風

その日の予定をベッドの中で相談し
キッチンに立って行って
おかゆを火にかけ　ひと煮立てさせて弱火にし
寝室へ戻ると夫は倒れていた
腕の中で頭の方から紫色になった
私が付いていたのに助けてやれなかった
体を震わせ　テーブルを叩いて
彼女は夫の死を語った
十年前に帰化し
一緒に日本名を考えた夫婦である

彼女は私の名前の一字を貰ってくれた
夫の赴任先であった中国深川
八月最後の日曜日
朝からすごい暑さだったという

葬式を済ませ日本に戻った彼女
あれからずっと風の中にいる
生まれ育った中国の風
今から生活していく日本の風
もっと遠くの深いところから吹く風
沢山の風が一どきに押し寄せた
考えることも
しなければならないことも沢山あるのに
何にも出来ないと　よろめきながら
風の中にいる

止めることも
防いでやることも出来ない
私はただ激しく冷たいだろう
彼女にだけ吹いている風が
鎮まるのを待っている

渡り鳥

秋の終わり
秋田から日本海に沿って北上
陸奥湾を渡り下北半島の恐山
奥入瀬　十和田湖と
東北を駆け足で回る旅に出た

渡り鳥の大群に出会った
かぎになりさおになりして編隊を組んでいく
一つの編隊が行くと
形を変えて次の編隊が行く

また次　また次と
整然と行き過ぎる隊列に
バスの中から見惚れていた
どの鳥がどのように
指令を出しているのか
鳥と鳥との間隔も
ほぼ等間隔に保っている

東北を旅することも
東北の土産を買うことも
震災の被害地を元気づける
気後れしながら旅立ってきたツアー客を
純朴そうなガイドは取り持ってくれる
だから少しもマイクを置かずに案内をしている

つながっていく
東北の空を美しい編隊になって
飛んでいる
やさしいこころが
一つになる

小春日の中
体ばかりか心までゆるんでいた
離してしまった手をあわててつなぎ直す
冬鳥の後ろに
わたしもつながる

鴨と詩

雨戸を閉めに外へ出た夫が
珍しいものがいると
わたしを呼んだ

二羽の鴨が水田にいる
車が行き交う道路と
三方を家々に囲まれた
街中に取り残されたような一枚の田
一週間前に
農機を操って男が一人　田植えをした

苗の間を縫ってつがいの鴨がいる
家路を急ぐ車にヘッドライトがついた
勝手口に灯りがともり
水面に長く光を伸ばしている
灯りの下には人の暖かい温もりがある
水に映る光に
鴨の足もつながっている

大震災や原発事故
理不尽なこと
あらがいようもないこと
生きることは
綱渡りのようでもある

詩は……と
こみあげてくるものがあった
街中の一枚の田に
ふっと降り立つ
鴨のようなものでありたい

降り注いだ今日一日の陽が
水田を温めている
鴨とわたしの
今夜の眠りは深い

川

川端には
川に下りる石段があった
口をすすぎ　手と顔を洗い
朝の陽に手を合わす
一日の始まりの　みそぎをして祈る
信心深い年よりに
見守られていた

川音で眠れなかった
泊り客は赤い眼をしていたが
川音は

生まれたときから聞こえていた
子守唄だった

九十歳になった母は
水音が小さくなったと
遠くなった耳をそばだてる
寝たきりになった体を
川に流して楽になりたいと
逝った人の名を呼ぶ

生きている者に東岸を
死んだ者に西岸を

川は
わたしの住む街を貫いて
家中川《かちゅうがわ》と呼ぶ

樹をめぐる物語
「山梨県立美術館」にて

美術館で足を止めた一枚の絵
フェリックス・ヴァロットン「オンフルールの眺め・朝」
腰のあたりで一度直角に曲がった樹は
強い意志のようにキャンバスを突き破っている
樹の先に丸く固まった葉が風船のように空に飛んでいる
丘の上に立つ樹からはるか下に見える異国の街が
朝の陽に光っていた

富士に向かって走る電車が
ふところを広げた終点駅から

私はひたすら富士に向かって歩く
落葉松の林をめざして歩く
きまって祖母は畑にいたから
表札のない畑で働く祖母に会いに行く
落葉松の林の傍らに小さく祖母が見えた
戦地へ父を送り
母と母の里へ還っていた生後まもない私を
祖母は素肌に抱いて育ててくれた
着物の仕立てをして銃後を守る母に代って
育ちの悪い泣いてばかりの私を
「山椒は小粒でピリッと辛い」
と子守唄にして育ててくれた

落葉松の林が好きだ
秋の陽が降りそそぐ

キノコの匂いに包まれた
黄色く染まった
落葉松林が好きだ
祖母のふところの温みだ

時代の変遷は
祖母の畑も落葉松林も消して
車の行き交う新興地となった

黄色の落葉松林の
物語をしよう

二章　畳む

畳む

外出中の天候の変化に
洗濯物の取り込みを
弟に頼んだ
タオルにシーツにシャツ
下着に靴下
陽をたっぷりと吸ったものが
小さく畳まれてあった
まるで定規を当てたように
買い求めた時のまま
正確な四角形になっている

父は几帳面でいて不器用
母は大雑把な器用人
一見相反するものを持っていた
畳むという小さな日常が
父の――　母の――
そのまた遠い父の――　母の――
DNAの小さなピースが
ジグソーパズルに
はめ込まれていく

幼年期の混沌も
青年期の迷いも
熟年のあせりも達観も
一筋の流れとなっていく

元をたどれば
細く深い沢の
厚く重なった朽ち葉の下から
こんこんと湧き出す
清水となる
冷たく澄んだ水に
春の若葉が
盛夏の緑が映り
やがては落ち葉が水面を隠していく

誰もいない家で
丁寧に洗濯物を畳んでいる
きちんと正座した
父と弟の背中が重なって見える

隙間

柱と箪笥の隙間から
二軒長屋のお隣の灯りが
細く長く漏れていた

覗くと
ばあやんと頭の壊れた大きな息子と
向かい合って炬燵に座っているのが見える
真っ暗な座敷に続く居間
幻燈のしぼった光の輪がゆれている

隙間に耳を当てると
ざわざわとつぶやくような音がした

面白いというより
ラムネ菓子を食べたように
きまって胸のあたりが冷たくなった

覗くと叱られて
母は
細く長く切った紙を
何枚も重ねて目張りをした

眠りつくまで
小児ぜんそくのぜいぜいという
胸の音を聞きながら

目張りした紙が
隙間風に
膨らんだり凹んだりするのを見つめていた

いつか又紙ははがれて
灯りは漏れていた

坂の道

六つ違いの弟が
好物のホッケの開きを買いに行った魚屋
口に余る大玉の飴を買った駄菓子屋
母の商う店は量り売りの醤油や味噌
こぼさないよう　間違わないよう
手伝いは真剣だった
肉屋　米屋　荒物屋
呉服屋　籠屋　ブリキ屋
日々の生活が事足りていた
二百メートルの緩い坂の道

橋の上に丸太が並んでいた経木屋
一枚一枚吊るして干して
おばさんの見事な手さばきで
五十枚ずつ束ねられていった
目立て屋にはいつも火の前に
怖い顔をした洋子ちゃんちのおじいさんがいた
小さな池があった小さなホテル
「大木実」 流行歌手が泊って大騒ぎになった
何でもあった坂の道

路地の奥には農耕馬が二頭
妹はまわらぬ舌でひひーんと啼いた
年寄り夫婦が夏だけ開いたかき氷屋
共同水道が一つ

見知った人たちが
いきいきと立ち働いていた
父と母も甲斐甲斐しかった
弁天さんを大切に祀った坂の町
わたしは一軒一軒をのぞいて歩いた
二百メートルが世界の全てだった

長い長い坂の道が
今は玄関を閉ざして何もない
短くなった道に
夕日が長々と伸びている

痛い

痛い！
思わず大きな声を上げた
イチイの枯れ枝を剪定して
もうお終いとハサミを片づけ
それでも未練気に
目についてしまった枝を
素手で折った
しっぺ返しのように跳ね返った枝が
右の人差し指の第一関節を刺した

わずかな傷は日常にも差し支え
久し振りの北への旅も
触れると痛む指を抱えていた

体の清拭《せいしき》　爪切り　歩行の支え
介護のわずかな失敗を
母は骨の浮き出た体をさすって
顔をゆがめていた

老いるとは
薄くうすくなることだった
赤むけたこころになることだった
節理も
不条理も
どうにもならない哀しさが

降り積もってくる

地球は地軸をわずかにずらして
回っているという

母の命日

商才に長けていた
味噌・醤油・茶・電球と
和裁の内職をしながら
万屋の商いをした

箪笥に残した沢山の着物
何処へ着て行くつもりだったのだろう
極端な内弁慶だった
センスのよい着道楽だった

まぜご飯や手打ちうどん
季節野菜のてんぷら
語り草となっている手料理は
手早くて大雑把　それが実に美味しくて
種を見せない手品のようだった
　食べているところをあまり見たことがなかった
出来あがるとご近所へ行ってしまって
あれは何だったのだろう
　弟の嫁は首をかしげる

「おばあちゃんはおじいちゃんが死んでから
おじいちゃんに恋をしている」　と
孫娘に名言を言わしめた
ひとり寝の十六年

だった……
だった……と
命日はダットサンに山積みのものを
乗せて来た
立派だったよ　と言うと
プルンと体をふるわせて
わたしの前に止まった

魂

あると言うと
存在を問い
居ると思うと
心が波立つ

辞書を繰ると
霊魂と
精神が
肩を並べている

向こうとこちらと
魂の紐はつながっているのだろうか
宇宙旅行も夢ではなくなっているのに
紐の先は曖昧模糊

何か分かったら必ず信号を送ると
晩年父は笑って言ったが
戦時下には通信兵だった父から
ツーもトンも習わなかった
愚かな娘

我が家の犬は
訪ねて来る父の姿が路地の角を曲がる前から
小屋から出て喜びの声で鳴いた
父の愛猫は

仕事から帰るバイクの音を聞き分けて
坂道をひた走って出迎えていた

空き地にタンポポが咲いている
二年前までは無農薬で稲が作られていた
畑の主が死んで慌ただしく稲は刈られ
以来空き地となっている
土筆や蓬がはびこり
またたく間に自然に還っていった

四月四日
父の二四回目の命日
タンポポを渡る風に
父がいる

つづく

見えそうなところで
触れそうなところで
ぷっつんと切れた
今まで握っていた糸の先が
消えてしまった

つづく
少女雑誌の今月号
最後の三文字に溜息が出る

さあ主人公の運命やいかに
紙芝居屋のおじさん
もったいぶって
ちゃっき　ちゃっき
拍子木を打ち鳴らした

つづく　つづくと囃されて
期待がどんどん膨らんでいった

つづきは
いつも明るく夢があった
つづきは明日と
蒲団の端をたたかれて
やすらかに寝入った

優しくたたいた手は
すでになく
つづくの現実もとうに知った

けれど
向こうで父と母が仲良く
見守っている
つづく　つづく
一本の糸はつながっている
暖かい端を握っている

惣菜

松飾りの取れた一月九日は
十五年前に亡くなった義母の命日である
引揚げ一家七人の家計を
パートや内職をして遣り繰りした
芯のある立ち居振る舞いのきれいな人だった
プロレス中継が好きだった
リングに追い詰められ
空手チョップやジャンプに湧くテレビに
頬を赤らめ身を乗り出していた
力道山の全盛の頃だった
私の知らない義母の顔だった

良きこと　悪しきこと
玉石混交して
記憶は入り混じり遠ざかる
暮れの恒例となっている
十大ニュースも
早くも過去のものとなった

汁粉にしてくれるのだろう
丹念に小豆を選っている
大柄な義母の背中が丸い

思い出は食卓に並んだ
惣菜のようなものかもしれない
飽きることなく味わっている

無駄

人生に無駄はない
中国語を使うたびに
男は言う
昭和二十八年最後の引揚げ船で十七歳で帰国
日本語は読み書きも覚束なかったと言う

大学で日本語を教えた留学生は
きれいな標準語
正確な発音だと
男の中国語を誉めた

中国語は発音が難しい
すべての漢字が
四つの発音方法のどれかに属し
発音が違うと意味を解せなくなる
耳学問の強みだと
七十八歳の今も講師を頼まれる

優秀な通訳がついているから
いつまで経っても女には
中国語は他国の言葉である
男の車に乗ると
中国語会話のＣＤが流れ
中国からの客があると
いきいきとして他国の人間になっていく

九歳での敗戦から帰国まで
牧場主に雇われて
牛を追って家計を支えたという
「裸足で牛を追っていた
　よくマムシに噛まれなかった」と
寝物語に話してくれた

無駄にしなかったものは
男の芯となった

神話

夜は暗かった
お使いに走る時間は
早くも電柱の灯りが
薄ぼんやりした円を描いていた
ほうきで居間を掃き
卓袱台を広げ
味噌・醤油の小さな商いの客に応じ
日暮れ時は誰もが忙しかった
暗くなると休み
明るくなると働く

小さな私も勤勉だった

夜は深かった
外から闇が忍び込まぬよう
心張り棒をかけた
建付けの悪い戸のすき間から
障子紙を膨らませて風は吹き込み
父と母に守られて
身を寄せ合っていた

昨今の新建築は雨風を寄せ付けず
ＬＥＤの夜とも昼ともいえない光が
闇をなくした

石の扉を閉ざした天照大神の

お出ましを祈り願った
神話の民たち
開かれた明るさに
唄い踊る悦びもなく
勤勉という言葉もなくなってしまった

家路

「新世界」
ドヴォルザークの交響曲第九番ホ短調
家路がながれる

そそくさと畳み込むように
日は落ちて
冬の稜線はくっきりと色濃い
山の向こうは残照に染まっていても
急に手元が暗くなった
山間の街

行き交う車にライトがつき
一つ二つと家々の灯りがともる

陽が昇ると動き　陽が沈むと眠る
動物の習い性
雀が　烏が
群になってねぐらに帰る
わたしの疲れ　傷ついたこころが
ざわついていたこころが
穏やかになっていく

ネジはきれ
家路を指して
曲はゆっくりと止まった

わたしの知らない街にも
言葉の分からない街にも
家路は流れていくのだろう
帰るべきところに
懐かしいところに
誘なって

宵の明星がまたたいている

三章　尊厳

尊厳

私が生まれてまもなく
父は出征した
タイ・ビルマ・ニューギニアと転戦したという
時代を恥じ入るように
寡黙につつましく
戦後を残りの人生として一生を終えた

夫は満州で終戦を知った
死体の転がる道を逃げ回ったという
九歳の目が見たものは

今でも夫の眠りを妨げる
残留孤児となっていたら
当然私とは出会わなかった

幼友達は原爆手帳を持っていた
爆心地から一、二キロのところで被爆したという
父親の郷里の都留に疎開し
縁あって又広島へ嫁いだ
原爆に起因する癌で
子育て半ばで逝ってしまった
平和公園の原爆碑の下に眠っている
被爆の傷はどこにもない美しい人だった

真直ぐに伸びてきた稲は
豊かな実りをはらんでいる

街を染める大きな落日が
働く喜びに燃えている
今ふるさとはこんなにも美しい

生きるという尊厳が
私に問いかける
静かに
強く
問いかける

戦地からの手紙

父の戦地からの手紙
二十九通と向きあった二か月
戦後七〇年も終わろうとしている

縦一四センチ横九センチ
粗悪な紙の軍事郵便は
大きなシミや破れ
斜線で消された任地場所
それとなく分かってくれというのか
心理分析が必要と思われる箇所もあって

戦争という大きなパズルの中に
小さな小さなピースを一つずつ
埋めていくようなものだった

父の字の癖を知り
文章の書き方も教えてくれた
小四の作文コンクールの時は
積もった雪を父は手で穴をあけ
そこに何が見えるか
いくつも私に言わせた
特訓に応えられずに今に至るが
どこからか父の手が添えられ
私の目に重なって行く

ニューギニアからの手紙は

背嚢の中の貰った手紙を
丹念に消して書いたという
数えてみれば一葉に七百字を越えている
切り離された日常に
必死に繋がろうとしていた
最初の頃の手紙が
やがて
自分の生き方・信条・物の見方
妻や幼い子に託す
遺言のようなものに変わっていった
　元気でいるから決して心配するな
　しっかりと御奉公する
戦地のことは推し量るしかない

〝命ありて再び吾に光あり〟

ニューギニアからの帰還は果たしたが
話すようなことではない　と
訪ねて来る戦友の遺族にも語らなかったという
戦争とは
何だろう
手持ちのピースはようやく無くなったが
埋まらないところが沢山残っている

幸恵　幸恵と
繰り返し手紙で呼ばれている
さて今
私はどう応えたらいいのだろう

決断

義父は
理系の先生だったと言うから
数学が苦手な次男坊の嫁は
解らないことには触れないでいた
立方体では難しいから
平面の義父しか見ようとしなかった
帰省の度に
アルミの小さな急須から
嫁の私に酒を注いでくれた

義父も義母もとうに亡くなった
義母の遺品となった満州体験記は
一家七人全員を祖国に連れて帰るまでの
義母が書いた義父の物語だった
ソ連国境の羅子溝で終戦
生きるか死ぬかの際で
おまえはどう思うかと妻に問いながら
自らの思いを確認して団の先頭に立った
何度もあった決断のとき
大きな目玉をギョロリとさせていたという

戦前から戦後へ
一変した開拓団の生活
取り残した凍ったジャガイモを食べながらも
母らしいユーモアがあったりして

ほっと息をつく
戦争を起こしたのはおまえたちではないと
逃げ切れずに舞い戻った開拓団民に
部落の人たちはやさしかったという

正月二日
正装して必ず皇居に参拝に行っていた
鴨居には両陛下の写真がかかっていた
知らないでは決して済まされない
義父がいる

コクヨの緑色の書翰箋に二冊
薄い鉛筆で端正な義母もいる

ワープロ起こしは未だ三分の一

どう生きるか　生き抜くか
決断はまだまだ続く
数学が苦手などと
言ってはいられない

秋の空

ご破算で願いましては——
そろばん塾の先生の声が高くなり
一斉に珠払いし
五の珠を
人差し指で左から右へと
一筆描きのようにして上げる
何億何千万一千五円と
とんで　とんでと
位が激しくとぶと
頭どころか指先まで

空高く飛んでいってしまう

大きな国の
次期大統領に
国民のそろばん珠がはじかれた
自由・平等・民主・人権
建国以来の
主義・主張

理念も夢も
どこにあるやら
行くのやら
秋の空は
解答のつかない答案用紙

ご破算で願いましては——
リーダー国の大統領の声に
世界中が
そろばん珠をみつめている

想うこと

立春を過ぎて
庭木が煙ってきた
輪郭をあらわにしていた
松が　椿が　梅が
やわらかくなってきた空に
ほうーと息を吐いて
ゆるんでいる

今年の冬の寒さは厳しかった
堅く乾いた土にいどむように
枝が空を突き刺した

そしてニュースの街は
3・11の天災や人災
その上に
降っても降っても降りやまない
雪が覆っていた
よいことの少なかった冬を
人も自然も首をすくめて耐えた

決して忘れないだろう
この国どころか
世界中が寒さに震え　おびえ
肩を寄せ合った
この季節を

冷たい土の中で
じっと育んでいた濃厚な思い

考えるべきことが
行動すべきことが
土の中を静かに伝播していた

唐突だが
詩を書く若い仲間たちよ
都留文科大学を卒業して
都留詩友会を去っていく
君たち若者よ
託するものは大きいが
共にした思いはもっと大きい

今日もまだまだ寒い
けれど
枝先はほのかにふくらんでいる
君たちの肩が光っている

壊れる

——火種——

茶渋を落とそうと
右手に洗剤のついたスポンジを持ち
左手で急須の取っ手をつかんだ時
ぽきっと音立てて
取っ手が折れた
つなぎ合わせのところでもなく
注ぎ口のところでもない
取っ手の真ん中
折れ口が鋭く尖っている
長いこと磨きこんだ

使い勝手の良い急須だった

友よ　あなたの朝も
そのようにして壊れたのか

二歳で広島で被爆
山梨に疎開し
広島の人に嫁いだあなた

色白の美しい顔　美しい声
何より天真爛漫な笑い声
どこに潜んでいたのだろう
原爆症の火種が

無邪気な子供時代

恋も結婚も出産もあった
長い歳月　ふてぶてしくも
どこで育っていたのだろう
原爆症の火種が

被爆による乳癌は全身に回り
あなたは五十歳で逝った

原爆のあった日から六六年
あなたが逝って二〇年

梅雨の晴れ間の朝の光の中で
福島原発事故の収拾の目途立たずの
新聞を広げている

壊れる
——震災に寄せる——

忍び寄る音も
胸のざわめきも
気配は何もなかった

破る
取り落とす
作為も失念もなかった

ましてや一日も経つと
忘れてしまう小さな嘘や失敗

善良な人たちに
罪も罰もあろうはずはない

山は山であり
川は川であり
海は海であったもの
常識をくつがえし
負うべき課せられたものを放棄した
大きな喪失

けれど
波は干満の呼吸を整え
瓦礫の上に花は咲き鳥は鳴き
自然は自らの欠落を埋めていく

朝の食卓の一膳のご飯

きりっとした漬物の香り
読みかけの本
脱ぎ捨てたTシャツ
まつわりついた犬や猫
父や母　子や孫
一つ屋根の下の笑い声

壊れた記憶はいつまでも生々しい
何度も血を吹き出しながら
それでもかさぶたとなっていく
いかなくてはならない

愛しい記憶の傷口を塞ぐのも
思い出という愛しいもの

明日も陽は昇る

豪雨

わたしの真上を
前線が移動している
降雨量八〇ミリ
撥が振り下ろされる前の
一瞬の緊張　振動を感じたい
雨の音を聞こう

さあ今がクライマックス
豪雨　驟雨
ジャージャー　ザーザー

しのつく　バケツをひっくり返す
思いつく言葉を集めても
到底追いつかない
大地を　屋根を
ドラムにして息もつがせず連打する

昨日小さな人は深く心を病んでいた
ぎらぎらした夏を拒むように
幼い顔を年齢不詳にして
目を細めていた

激しい音をたてて雨は
容赦なく部屋まで入って来る
もう全身どっぷりと濡れている
聞こえない

厳しい事象を前にしても
こころの音は聞こえて来ない
もうすぐ止む
止まない雨は決してない

涙

津波の
海に戻る引きの濁流の中で
橋げたに飛び付いた人

車を乗り捨てて
土手をよじ登った人

ビルの三階から
屋上へと駆け上がった人

振り向くとない
生と死はほんのわずかな差

避けようもない天災
激しくゆれるふるいの目から
いとしい人間に
必死に差しのべられた手もあった

災いをひきおこし
こぼれていった命を
守れなかった命を
いとおしんで
天は雪となって涙しているのか

溶岩

死火山と習ったはずが
活火山に変わって
富士の麓の街は
避難訓練も行われている

米屋で精米を待っていた
裏の急流を割って水車が回っていたのは
記憶の底
仕切られた硝子戸の中で
精米機が軽やかに動いている

見るともなく見ている向かいの土地
基礎工事中のWさんの家は
敷地の裏半分が急な段差になっていた
道路からは見えなかった
むき出しになった溶岩が無気味だ
段差は地下室になるという

弁天町は溶岩の段差だ
どんどんと流れる急流を下って
坂の途中に
わたしの生まれ育った家がある

新米ですよ
今は昔か
昔は今か
おぼろおぼろに夕闇が迫っている

傘を干す

濡れた傘を干そう
金具の音をたてて
閉じられていたものが開く

「煮大根を食べたよ」
病む子の口に
母の煮た大根は美味しかったか
電話は私の中にも
とろりと浸み込んだ

大雨は
避けようのない運命となって
襲いかかることがあるが
昨日乾ききった大地に
気遣うように
雨はやさしく降り注いだ

ドライアイは
身体のすべてをからからにして
目どころか胸まで痛い
涙は少しも出なくなっているのに
どこから浸み出してくるのだろう
この湿り

ぬれた傘は干さなくては

湿ったこころは乾かさなくては

晴れ上がった冬空に
花のように
広げた

四章　綿の花

でんしんばしら

銀河系の地球という星の
イーハトーブという理想郷の
農民であり
四次元の世界を歩いていた詩人

詩人の絵に
「月夜のでんしんばしら」がある
はるか遠い未来の
誰にも見えない道を
たった一人で歩いて行かなければ

ならなかった詩人
電信柱は詩人の
羅針盤だったのかもしれない

貧しくも健気に暮らした
家々をつないでいる小さな灯りが
詩人の足元を照らしている

今日　目をやると
コンクリートの電信柱から
沢山の線が伸びている
あふれかえった情報が
消化しきれない情報が
四方八方につながっている

雨ニモマケズ
風ニモマケズ
詩人は今未来のどのあたりを
歩いているのだろう

隕石

ウラル地方チェリャビンスク州
ロシアは人の名も町の名も
氷の上をツルツルと滑っていって
舌がもつれる
異国の朝の空を半円を描くように
落下する火の玉が
ニュース画面に映し出された

小惑星が
大気圏に入って爆発

爆風は広島原子爆弾の三〇倍と
とてつもない数字で被害を伝え
隕石の科学をテレビは説明している

無限といわれていた
宇宙の大きさも
少しずつ分かってきて
宇宙ロケットの中で発芽した苗を
持ち帰って来た
宇宙飛行士の星の王子さまもいる
が…
何万キロの彼方の
地上からは見えない小さな惑星が
軌道から滑る瞬間など
現代の科学を以ってしても

思いも寄らない

私の住む町から県都へ行く高速道路の
トンネルの一部が落下して
九人もの命が亡くなったのは
まだ三カ月前のこと
身近なトンネルの
それが又ボルトの緩みが原因の惨事に
驚愕した

天から星が
いやトンネルが
落ちてくる

ＳＮＳ

ＳＮＳ
ソーシャル・ネットワーキング・サービス
人と人とのつながりを
コンピューターが円滑に運ぶ
システムという

天体観測所で
過去に一度惑星を横切る電波の乱れがあったと
コンピューターを見続ける
科学者がいた

世界のどこの観測所かも惑星の何かも
記憶に留めず
ただ「宇宙人はいるか」というテレビ番組だったと
記憶にある

目を見て話しなさいと
親に厳しくしつけられた
最新の補聴器でさえ
複数の人の声は雑音になると
耳の遠くなってきた私を惑わす

人は人を見ないサービスという
現代につながろうとしているのか

大寒の空に

無数の星がまたたいている
あっ　あの星！
宇宙人が私に会いたいと
交信している

桜旅

宮城・岩手・秋田・青森と
桜前線を北に追って
旅をした

五百本の桜のトンネル
北上展勝地
馬のオブジェが並ぶ
十和田市の駒街道の桜並木
石垣の補修で十年間は見られなくなるという
堀に映る弘前城の桜

角館の武家屋敷のしだれ桜
バスの中から見渡すと
山にも土手にも庭先にも――
迎えるように送るように両手を振る
満開の桜を楽しんで来た

あれからずっと
わたしは桜の下にいる

桜の下には死体が埋まっていると
文豪は言った
根元から太く曲がりくねった幹を通って
花の一つ一つに　水脈のように
はたまた青い空の大気が
花びらの一枚一枚から

からまったひげ根の先まで通じて
まるで人生そのもののようだ

年を重ねるごとに
背負うものは重たくなった

わずかな風に花びらが揺れる
よろこびもかなしみもさくら色に染まって
回り灯籠となって
くるくるまわる

子の離婚も
孫の難病も
社会現象とは言えず
わが身に振りかかってみれば

避けようもない哀しみ

桜の下に入ると
冷え冷えとして
切ない
桜……
桜……
わたしのこころはいつまでも
桜に埋まっている

桜ふぶき

城山の頂き
草の上に足を投げ出すと
爪の先からほぐれていく
未来は明るい新緑の先
うぶなこころが涙ぐむ
満開の桜に青い空がよく似合う
花嫁のベールを冠っている
つついたらすぐ壊れそうな完璧な景色
学生らしい若者が笑いさざめいている
声は花に溶けて

パントマイム
笑顔だけが動いている

眼下に
わたしの住む街が帯になって伸びている
オブラートに包まれて
旅先の街のようだ
不況だの　倒産だの
屋根の下のずっしりと重い物を
隠してしまった

一陣の風が
深い川底から吹き上げてきた
上から下から　前から後ろから
桜は激しく落花した

フィナーレの狂ったような乱舞であった
桜ふぶきの中に
わたしは激しくめまいした

瑞牆山《みずがきやま》

夫と登ったのは何十年も前のこと
山を一つ越えたところに
不揃いな積み木を重ね上げたような山が
瑞牆山だった
山容におびえる私の前を
見るからに知的障害を抱えているであろう子供達が
何人もの指導者に挟まれて登ろうとしていた
ここに入ろう
邪魔にならない間隔を取って
勝手に仲間に入れてもらった

休憩と声がかかると　休み
水を飲めと言われると　水筒のふたを開け
出発の合図を待った

段差のある大石を越え
がれきに足をとられ
荒い息を一緒にしても
声を掛けられない真剣勝負だった
何度休んだことだろう
汗を引く風が気持ちよく吹いて
広い一枚岩が頂上だった
それから子供達はどうしたのだろう
記憶はそこまでで　ぷつりと消えている
勝手なものである

全国植樹祭に陛下の御来県によって
瑞牆山自然公園となって整備された
詩友会の研修旅行は
山を見上げて木陰の下でおにぎりを頬ばった
ただひたすら後についていて
登らせてもらった山は
記憶のままに聳えている

頃合い

湯気と　においが
台所一杯に立ち込めた
ジャガイモとインゲンの煮付け
シシトウの佃煮
頃合いを見て
味見もせずに　火を止めた

大雑把に切って
味付け　火加減
全て胸算用の

頃合いまかせ

秋の初め　短い旅をした
老舗の宿で
お品書きに並んだ御馳走を食べた
お腹もこころも満たされて
帰って来た

ところが戻ってみれば
何ということのないいつもの食卓の
この旨さ
お金も手間もかからない
手軽さ　気安さ

わたしが計ったのか

計られたのか
日常という
頃合い

ドライブ

ハンドルを握る男が
外まで聞こえて来るような
大口を開けて笑っている
隣の妻らしき女も
さもおかしくてたまらないといった笑顔だ
私たち夫婦と同世代か　いやもう少し若いか
あんなに面白そうに
何を話しているのだろう
フロントガラスに大写しになった
すれ違った車の中

どんな人生を送っているか知る由もない
一瞬に垣間見た幸せのひとときが
風に舞う枯れ葉の一枚となって
豊饒な大地となっていくのだろう

小春日に誘われ
急に思い立って出かけた
ドライブ
色とりどりの紅葉まで
クスクスほほえみ
ワッハハと笑っている

私たちもみえているといい
あんな風に――

カーブを大きく曲がる
いけない！
対向車は大きな配送車

玉葱

玉葱の芽が伸びてきたと
盆栽仕立てのように畑を作っている男が
誇らしげに指差した
芽とは言えないほど
太く逞しくなっている

今日台所の暗がりで
去年の玉葱が
細い芽を出していた
養分を芽に注いで

スカスカになったものもあれば
まだまだ形を残したものもある
棄ててしまうのは冥利が悪い
昼にカレーを作ろう
有害と言われている芽を
芯まで深くえぐった

年を取って
男も女も出来ない事が多くなった
忘れることが多くなった
自分ではない
知らない芽が出てきて
時々我に還って
はっとする

始まる芽もあれば
引き渡す芽もあって
生物はそうして
くり返していくのだろう

弱火でゆっくりといためた玉葱は
コクがある
丁寧に灰汁をとる
時間をかけてじっくりと煮込む
美味しいカレーに仕上がった

綿の花

一年目
慌ただしく大勢の人によって稲は刈られた
農薬を使わない自然農法と
丁寧にコメを作っていた人が急逝した
田は持主に返された

二年目
刈穂が残っているでこぼこ田の
あぜみちを通って買い物の近道をした

三年目
年に数回草刈り機で除草され
白詰草やタンポポが咲く
草はらになって
キャッチボールの子供の声や
犬の走る姿があった
車が行き交う傍らに
以前は稲田があったと
昔話になった

四年目
春　綿の種がまかれた
夏　クリーム色の槿に似た花が咲いている
秋　綿を摘むという

新しい年

下り電車は
裾野から富士に向って
標高をぐんぐん上げていく
上りは車体をゆすって
一気に駆け下りる

私鉄の電車は
わたしの家の勝手口をかすめるようにして
通過する

湖のたもとで恋を語ろうと
富士の麓の観光地へ向かう
肩寄せ合った恋人同士
受験を間近に控えて
世界の重さに耐えているような
男子学生
窓枠にしがみついて外を見ている
小さな男の子
傍らの若い母親
場違いのように小さくなって座っている老婆
カーブで速度を緩めるから
時折電車の客と目が合う
ハンドルを握って前方を見つめる運転手
いちずな顔が迫って遠ざかった

上りも下りも
行く人あり帰る人あり
目的地は向かう駅
乗り合わせた客が
一つ車両で
未来へと進んで行く

新しい年は
見慣れた風景が
磨かれた硝子に鮮明に映る
昨日より美しく見える

線路の上に
新年が光っている
電車が行く

一瞬に過ぎる今が
今
通って行く

解説　「水田《みずた》」の中に世界を感じ取る人
せきぐちさちえ詩集『水田《みずた》の空』に寄せて

鈴木比佐雄

1

せきぐちさちえ氏は山梨県都留市に生れて今も暮らし、その故郷の多彩な人びとの暮らしの光景を慈しんで、この時代が忘却し始めることに新たな意味を見いだし、歩行するリズム感で詩を記してきた詩人だ。二〇〇七年に刊行された第三詩集『ころ柿の時間』のタイトル名の詩の冒頭二連は、せきぐち氏の詩の特徴を端的に現わしていた。

ぶらぶら歩くことがなくなった／足の向くまま　気の向くまま／風に吹かれて歩くことがなくなった／／ぶらぶら歩くとは／山すそをめぐり／川の流れに沿って／遠回りして歩くこと

せきぐち氏は、目的を定めて行動する日常の忙しい時間を断ち切って、「ぶらぶら歩くこと」、「風に吹かれて歩く」、「遠回りして歩くこと」で、見えてくる光景こそが本来的なものを宿しているのではないかと感じている。そんな自分の日常から離脱するように「遠回りして歩くこと」によって、例えば次のような最後の三連の光景から浮上してくる光景がある。

軒先にぶら下がっている／ころ柿の上に／ゆったりした時間が／トンボのように止まってい
るのを／見るともなく見ながら歩いていく／／歩幅をころ柿の時間に合わせていく／／よう
やく陽が傾いてきた／あーした天気になあれ

「山すそをめぐり／川の流れに沿って」、自然の地形に分け入り、日常の時間から離れて歩行していく。すると農家の「軒先にぶら下がっている」山梨県の農民が生産する「ころ柿」（枯露柿）が見えてくる。「ころ柿」とは、干し柿の一種で水分が25％～30％で、甘み成分が結晶化して白い粉となり吹き出てくるものを指している。せきぐち氏は、農民が一つひとつ渋柿の皮をむき、縄につるして天日で干し、さらに莚の上で乾燥させて白い粉を生じさせ手間のかかる時間を想起したのだろう。自然の恵みを農民が手間暇かけて、保存食としての干し柿にしていく生産過程に強い憧れを抱いていることが分かる。せきぐち氏は自然と人間が織りなす物作りの時間を風景の中から発見していき、そんな手作りの「ゆったりした時間」を自らの詩の中にも宿らせたいと願って書き続けてきたのだろう。その意味ではせきぐち氏の詩想は、自然と他者とが織りなす豊かな時間を直観してその感動を生き生きと伝えたいと考えているようだ。

2

今回の第四詩集『水田の空』は、一章「水田《みずた》の空」十篇、二章「畳む」十一篇、三章「尊厳」十一篇、四章「綿の花」十一篇に分けられ、合計四十三篇が収録されている。

一章「水田《みずた》の空」の冒頭の詩集題の詩は、日常の風景を逆転させる風景が描かれている。

高いところにあると／見上げてばかりいたが　なんと／満々と水を引いた田の中にあった／／四囲を畔で区切られてはいるけれど／澄んだ空の上を／雲がゆっくりおよいでいく／緑濃い山々　高速道路／二両編成のローカル電車／カラフルな家々の屋根／住み慣れた町も／日々の営みも／街中の田に／水彩画で描かれている

（「水田《みずた》の空」の前半部）

せきぐち氏は雲が気ままに空を流れていくように、空の雲を眺めながら「風に吹かれて歩くこと」が好きなのだろう。ある春の日にその天空に流れる雲を田植え前の水を張った「水田」の中に発見したのだった。それだけでなく町の暮らしの光景がその中で息づいていることも見いだした。水田には「緑濃い山々　高速道路／二両編成のローカル電車／カラフルな家々の屋根／住み慣れた町も／日々の営みも／街中の田に／水彩画で描かれている」ことに驚かされた。

初めて見るように新鮮なのは／胸がときめくのは／逆さになっているからだ／／さざ波が

たって／五月の風が水田を渡っていく／／ぽーんとわたしも／でんぐり返ってみようか／水田の空の上に／軽やかに／若々しく／他人のわたしが立っている

（「水田《みずた》の空」の後半部）

水稲の根は熱帯植物であったからか葉や茎から、空気を取り込み根にその空気が循環して水の中でも呼吸ができる。「水田」は山の流れてくる水を用水路から引いて豊富な栄養が絶えず注がれ、水に弱い病害虫から身を守ることができ、さらに保温効果があり冷害にも強いそうだ。そんな「水田」は主食の生産ということだけでなく、故郷の景観美を創り出し、蛙や蜻蛉などの昆虫や小動物と共生する循環型の環境を維持するという利点があるからこそ、千数百年前から日本に広がってきたに違いない。「水田」は水の惑星を改めて意識させるだけでなく、私たちの暮らしの光景を映し出す鏡のように「水田」が存在し、その中に逆立ちした「他人のわたしが立っている」ことにもせきぐち氏は驚かされ、天と地と人がこの宇宙の中で息づいていることを「水田」によって深く実感させられたのだろう。「水田」の世界は食料の生産だけでなく、どこか異次元のアートの世界でもあったことに気付かされる。日常の中には非日常が存在し、その非日常世界に心惹かれていく精神のあり方こそが、詩的世界にも共通するものだと感じたのだろう。日常と非日常は相反するものではなく、隣接していて補完し合い多様なこの世界を形作っていることをこのせきぐち氏の「水田の空」は暗示させてくれる。

一章のその他の詩篇は、鳥などの小動物を含め多様な生き物や事物の存在が魅力的に描かれている。例えば詩「雪割灯」では、「線路の凍結を防ぐ」雪割灯に私たちの暮らしを支える無名な存在を暗示し敬意さえ抱いている。詩「気配」では、「静かな夜」に満ちてくる「気配」を感じて安らかに「わたしは眠る」のだ。詩「生」では、沙羅の枝でこまどりが嬌声を挙げて番う瞬間を「崇高な儀式のよう」だと目撃する。詩「モズの巣」では、家のブナの木に巣作りをして「三羽のひながかえり」巣立っていく様子を伝える。詩「風」では、「十年前に帰化し／一緒に日本名を考えた夫婦である」友人の夫の死を我がことのように悼んでいる。詩「渡り鳥」や「鴨と詩」では、鳥の存在を通して大震災や原発事故で苦悩する人びとの思いに近づいていく。詩「川」では、「九十歳になった母」は耳が遠くなっても川音に耳を傾ける。そんな「寝たきりになった体を／川に流して楽になりたいと／逝った人の名を呼ぶ」末期の母の哀しみを書き記す。詩『樹をめぐる物語　「山梨県立美術館」にて』では、「美術館で足を止めた一枚の絵」から落葉松林の傍らで農作業をする祖母を生き生きと想起する。せきぐち氏の詩作は、生きることの切実さを自分に与えてくれた存在に、深く敬意を抱いてその瞬間を書き残し、今を生きる糧にしているのだろう。

二章「畳む」では家族・親族の多様な感受性や生き方を興味深く記している。三章「尊厳」では父・義父・夫たちの戦争体験の過酷さを語り部のように受けとめ、それを語り継ぐことの大切さや、大震災や大災害に遭遇した経験を伝えていくことを試みている。四章では、世界や宇宙とつながるという観点を身近な暮らしのあり方から試みている。最後の詩「新しい年」の最後の三連を引用したい。

新しい年は／見慣れた風景が／磨かれた硝子に鮮明に映る／昨日より美しく見える／／線路の上に／新年が光っている／電車が行く／／一瞬に過ぎる今が／今／通って行く

せきぐち氏は「見慣れた風景」が「磨かれた硝子」によって鮮明に映し出され、「線路の上に／新年が光っている」と感じるように、世界を新鮮にする仕方を詩の中で試みてそれを開示してくれている。「遠回りしながら歩く」ことで、そのような「水田」の中に世界を感じ取るせきぐち氏の詩的世界を多くの人びとに読んで欲しいと願っている。

あとがき

何に急かされているのだろう。

七〇歳も半ばとなって、歩いてきた道程を振り返り、今立っている私の位置を確かめたい気持ちは無論ですが、世界が大きく変わって行きそうな社会に、私の言葉が通用するのだろうかと大それた思いと不安がありました。詩集を出版したいと切実に思うようになりました。

第四詩集を出版するに当たり、今までに出版を勧めて下さった何社かの資料に目を通しました。コールサック社はそんな私の願いを聞き届けて下さりそうな思いがしたこと、所属するサークルで交流があった鳴海英吉さんの『全詩集』を代表の鈴木比佐雄さんが企画・編集されていたことでお願いしたところ、私の依頼に気持ち良く応じて下さいました。

第一・第二詩集の『虹を見上げて1』『虹を見上げて2』は、二人の子供を他県の大学に進学させ、夫も定年退職を迎えた一九九七年、子育ても終わり、生活も充実した幸せな主婦の詩集でした。二〇〇七年、『ころ柿の時間』は親の高齢や死と向き合いながらも、社会に目を向け、活動の輪を広げて、円熟とはいかないまでも足元を固めてきました。そして『水田《みずた》の空』はぽーんと他人の私でありたいと、突き放して見ています。

地元の詩のサークル「都留詩友会」に所属して四十年以上になりますので、四冊の詩集は私の人生が凝縮しているはずです。詩とは断言できないものではありますが、一篇一篇が私の心の叫びとなっています。

私は戦中生まれですので、戦争の時代を直接は知らない筈ですが、体の奥底にしまわれているように感じます。哀しい切ない思いが胸の底に流れています。父が母が、夫が友が、そして戦地で多くの人が見たもの、聞いたものを少しでも声に出せたらと思ってきました。それを詩の言葉で表現したいと願ってきました。

長い間一緒に詩を書いて来た詩友会の皆様には、心より感謝申し上げます。こうした詩集が出版出来ますのも、会があったればこそ、仲間がいたからこそと思っております。

又詩集を出す我がままに協力をしてくれた夫に子供に、そして私をずっと見守って下さいました多くの皆様に言い尽くせない感謝で一杯でございます。

コールサック社の鈴木比佐雄編集長さんには、都留市までお出でくださいまして、親身になって編集に当たり解説文も書いて下さいました。『水田の空』に他人のわたしを立たせるように、詩集を編んでくださいました。ほんとうにありがとうございました。

小さな市井の私が、平和な世界でありますよう心から願って出版のご挨拶とさせていただきます。

二〇一八年四月

せきぐちさちえ

著者略歴

せきぐち さちえ（関口幸恵）

1942 年　山梨県都留市生まれ
1997 年　詩集『虹を見上げて 1』『虹を見上げて 2』
（詩歌文学刊行会）
2007 年　詩集『ころ柿の時間』
（ジャンクション・ハーベスト）
2018 年　詩集『水田《みずた》の空』（コールサック社）
所　属　都留詩友会会員、中央山脈同人、
山梨県詩人会会員、日本詩人クラブ会員
現住所　〒 402-0051　山梨県都留市下谷 4-1-7

石炭袋

せきぐちさちえ詩集『水田《みずた》の空』

2018 年 5 月 12 日初版発行
著　者　　　せきぐちさちえ
編集・発行者　鈴木比佐雄

発行所　株式会社 コールサック社
〒 173-0004　東京都板橋区板橋 2-63-4-209
電話 03-5944-3258　FAX 03-5944-3238
suzuki@coal-sack.com　http://www.coal-sack.com
郵便振替　00180-4-741802
印刷管理　（株）コールサック社　制作部

＊装幀　奥川はるみ

落丁本・乱丁本はお取り替えいたします。
ISBN978-4-86435-337-3　C1092　￥1500E